云想故乡

洪安和 著

海峡出版发行集团 | 海峡文艺出版社

图书在版编目(CIP)数据

云想故乡/洪安和著. —福州:海峡文艺出版社,
2020.3(2024.3 重印)
ISBN 978-7-5550-2205-3

Ⅰ.①云… Ⅱ.①洪… Ⅲ.①诗集-中国-当代
Ⅳ.①I227

中国版本图书馆 CIP 数据核字(2020)第 032434 号

云想故乡

洪安和 著

出 版 人	林 滨
责任编辑	林 颖
出版发行	海峡文艺出版社
经 销	福建新华发行(集团)有限责任公司
社 址	福州市东水路 76 号 14 层
发 行 部	0591-87536797
印 刷	三河市兴博印务有限公司
厂 址	河北省廊坊市三河市杨庄镇大窝头村西
开 本	889 毫米×1194 毫米 1/32
字 数	95 千字
印 张	5.25
版 次	2020 年 3 月第 1 版
印 次	2024 年 3 月第 2 次印刷
书 号	ISBN 978-7-5550-2205-3
定 价	56.00 元

如发现印装质量问题,请寄承印厂调换

序

伍明春

　　今年七月中旬,晋江的洪安和师兄发来即将付梓的诗集电子版文档,希望我写一篇序。一开始我确实有点踌躇,因为自古以来,作序之事往往颇为庄重,一般都由德高望重的前辈师长出马完成。作为一个后辈师弟,我对于洪师兄的要求自然不免诚惶诚恐。不过,感佩于洪师兄邀约的诚挚心意,以及他在诗歌写作上令人感动的坚守姿态和探索努力,我就暂且不揣浅陋,斗胆提笔,写下一些阅读感想,谨以此向洪师兄和他的文学年代致敬。遥想洪师兄负笈闽都的20世纪80年代,正值中国当代文学的黄金时代。流风所及,长安山上亦是青春葱茏,白衣飘飘,每一朵木棉花的杯盏都满溢生命的热切渴盼,每一片相思树的叶子都折射诗意的缤纷光芒。

就整体阅读印象而言,笔者认为,洪安和的诗大多采取较为传统的抒情策略,抒写的也多为乡愁、亲情、爱情等主题。不过,他并不满足于某种过于平庸的表达,而是力图在诗艺层面有所突破、有所创新。譬如,在洪安和笔下,月亮意象就已经超越了古典诗歌的固有意涵,而获得某种崭新而独特的现代质地。《月激光》一诗把原本温柔如水的月光与现代科学名词联结在一起,被比作一种颇具杀伤力的激光:"伊惊喜看到,/今晚居然有青天。/还有一缕青辉,/突破云的包围/激光一样/穿透而来/为伊疗伤//伊闪着泪花/闪着一束激光。"在这里,无论是从月光到激光,还是从泪花到激光,都发生了一种巨大的变异和错位,显示了诗人过人的想象力和鲜明的批判姿态,也体现了诗歌话语的创新。再如诗人以一个另类视角重构的陶器形象:"以埙的幽咽/穿透水边高寒/给曼妙带来清凉/水的胴体/从柔和曲线抚过/撩起一股波纹/渗在青花瓷上/让绝世芳华/泛舟湖上/迷离碧波粼粼。"(《陶瓷》)诗人别出心裁地把陶器丰富的造型之美,诉诸对各种水的线条的精微刻画。从"水的胴体",到"波纹",再到"碧波粼粼"等一系列与水相关的意象,同时通过"穿透""抚""撩""渗"等多个指向不同力度的动词的演绎,诗人十分精准地为我们揭示出陶艺之美的内核所在、灵魂所系,也向读者展现了现代汉语诗歌语言的弹性和力度。

　　与上述诗艺探索相呼应,以闽南方言入诗的尝试,也是洪安和诗歌写作十分值得关注的一个方面。其中最具代表性的是《相约五里桥》一诗。在这首表现闽南地域文化的诗里,"行过"(走过)、"老货仔"(老人)、"弯入"(拐进)、"伊"(他或她)、"踏出踏入"(走进走出)、"古早"(古时候)、"青暝"(眼瞎)、"阿母"(母亲)、"偷早"(赶早)、"相等"(等待)等语词,都带有鲜明的闽南方言痕迹。不难发现,如果单独读到这些语词,大多数读者可能会感到费解,但就这首诗的整体表达效果而言,这些方言语词不仅未造成明显的阅读障碍,反而营造出一种别样的趣味。《榕树》一诗也用了不少闽南方言语词,包括"厝里"(家里)、"姿娘"(女人)、"人客"(客人)等,讲述了一个在闽南地区十分普遍的下南洋的故事,不仅呈现了当日历史情境的景深和况味,又与当下鲜活的现实场景密切关联。事实上,早在百年前的新诗发生期,刘半农、徐志摩、刘大白、俞平伯等人都曾尝试把方言引入新诗写作,努力为早期新诗拓展更为广阔的艺术表现空间。而以闽南方言入诗,不少台湾当代诗人也做出了多方面的探索,取得了一定的成效。因此,洪安和以闽南方言入诗的写作实践,既继承了新诗前辈的探索精神,也呼应了海峡两岸诗人的最新话语,体现了一位写作者诗艺追求上的自觉与担当。

此外,对于念兹在兹的故土家园,洪安和也从未停止深情的歌唱。这种歌唱让读者仿佛听到艾青著名诗句"为什么我的眼里常含泪水/因为我对这土地爱得深沉"的悠长回响。诗人笔下的闽南故乡意象,往往被置于历史和现实两个时空维度中进行观照和重构,因而获得某种更为深厚的内涵:

我以唐代平仄
平水韵作韵脚
吟哦,讴歌这城市
一切都已从梦中醒来
有梦想。紫帽山雄起

太阳神似乎是图腾

人们朝拜东方

这城市,沐浴金光

蓝色婴儿体横空

跃起

————《爱咱晋江》

在这里,诗人不仅仅为自己生活的这座充满活力的现代城市赋予深长的历史况味,更为之勾勒了一个光明灿烂的未来形象。这样的诗,不是简单、平面地去美化家园,而是更立体地构建起一个精神性的、富有文化内涵的家园形象。《城市之眼》《走过五店市》等诗,亦可作如是观。

总之,洪安和的这部诗集不乏优秀的文本,向我们展现了诗人在现代诗歌写作上的努力探索,显示出较为鲜明的艺术个性。

是为序。

(作者系福建师范大学文学院教授,兼任福建省文艺评论家协会副主席、福建省美学学会副会长、福建省作家协会青年作家委员会副主任等)

春　草(代序)

洪安和

刚开始，她只是一小点儿
嫩芽，露出怯怯的绿意
没有谁会指望什么。
春天总是花的世界。
即使案上盆栽，
也习惯让给花。
谁又曾想到她能长成
一抹绿，泼墨似的

目　录
CONTENTS

云和月

我和你

安和的云

是云
愿意吗
一朵安和的云
在蓝色天空怀抱里
忘了时间静静地躺着

是云
你愿意
一朵安和的云
在圣洁纯净摇篮里
穿越时间静静地躺着

是云
我愿意
一朵安和的云

当你从蓝天飞过
别忘了从舷窗静静看我

冬 月

围墙依旧是红砖的
圆月走得明净，决意不带尘土
修竹以舞者的身姿，举头望。
冬虫不甘蛰伏，学秋虫唧唧

脚步如此轻快，自己惊着了。
竹子看不到年轮
空着心的位置，等一缕清辉

风，是最靠不住的
此刻缠着竹梢轻声细语
把冬天的黄昏当成春宵

海上的云

一朵浪花
一朵云
分不清海里天上
叫海上的云吧
海上的云
扯着少年洁白的心
一缕一缕
牵动白帆
在茫茫大海泅渡
扇动白鸥
在渺渺天际盲飞
一缕一缕
扯不清少年纠结的心
海上的云
从五里桥出发

在少年的视线里模糊

狂涛骇浪卷走一片蓝

少年伤心那一朵白

会不会沉没

看海,看天空

美梦可遇不可求,梦有多大,帷幕就有多宽。

——题记

我喜欢看海
海面涌起金色日头
一分分,一寸寸
海的女儿情窦初开
撒满了涟漪
一朵朵,一丛丛
于是,伊从海岸线
走来。
蓝色帷幕拉开
白海豚在领舞
大海笑出浅浅的
酒窝。

我喜欢看天空
天穹深处扬起白帆
一点点，一片片
天之骄子骑着白马
湖上生起天风
一缕缕，一程程
于是，伊从湖边
走来。
蓝色帷幕拉开
白哈达在呈献
心湖沉浸着浅浅的
酒窝。

看海
还是看天空
伊从来不相约
也从来不失约

流 云

我是一朵流云
从地气升腾
仰望者以为，
那是最高层
在树梢上空，
有一颗星
在盯谁的梢

我是洁白的流云
从四面的
风，裹挟着向前
那是浩瀚的天宇
我头重脚轻，
迷失了方向

白天，是如此洁白
棉花糖的童年
总是那般甜蜜
海边的凉风，
吹散了燠热的夏夜
把小小的梦，
托付给满天繁星

我是流云
在日暮时分醒来
寂寥的天空，
有一枚上弦月
我眼前豁然开朗
即使在黑夜，
也有朗朗青天

夜晚也有蓝天白云

夜晚也有蓝天
于是夜晚也有白云
白云飞快从天顶
流过
小伙伴们躺在屋顶
目测着白云的流速
似乎望着大海上
片片白帆
承载逃离的几颗星
这一刻月明星稀
星星闪烁逃避的眼光
今夜星与星
距离为何如此遥远
如大人们心与心的距离
而今夜月娘

对待地上的人儿

似乎也不那么热情

月激光

伊有一种病。
每当夜晚，
面对城市森林
伊守着孤寂的疼痛。
窗外灯光刺眼
广场音乐聒噪
更怕一阵阵，
花香恶俗。
仲夏没有一丝清凉

伊望天顶，
穹庐一般。
浮云追赶着什么
像街上急急忙忙的
人群,汇成了浊流。

伊惊喜看到，
今晚居然有青天。
还有一缕清辉，
突破云的包围
激光一样
穿透而来
为伊疗伤

伊闪着泪花
闪着一束激光

只有月儿

谁洒下唐宋月光
那一缕床前明月
柔柔地照入
伊圣洁芳心
纤纤手指
好似撩人月色
抚慰孤寂游魂
今夜
伊静坐窗前
只有月儿翻书的声音

五月的黄昏

灵魂浮动在玉兰花香上
心肺透彻,穿过叶子末梢
就在黄昏,太阳下山去
追赶月亮。而月亮居然
藏在白玉兰树。
一朵花,一个月亮
给那条石板路
带来柔光。人影在游弋
牵着的手,鱼鳞一样冰凉。
你忽然醒悟,
记忆是一尾鱼
游进黄昏,
又游出黄昏。

关于月亮

张若虚在江边看到
那一枚月亮，挂在
伊的琵琶上。
伊的眼睛离开
树梢，月亮渐渐消瘦
记得那一夜是元宵节
火树银花，冷淡了月。
伊不忍心触摸，
苏东坡那一个明月夜。
生死只隔一堵墙。
伊在出砖入石前苦思
苍白的月色，打不开旧门窗
多少叹息被隔开
咿呀一声，让月光碎了
一地。

伊仰起脸
接受圣洁洗礼。

关于月亮，
那一个宋代女子
欲语还休。
伊清楚是心灵
先抵达，语言迟滞
在青石巷。
通往夜深处的
那是禅房。贾岛在月下
为了推或敲那扇门，
捻断了几根山羊胡子。

伊仿佛回到童年。
邻居阿娇摇着船，
眼睛笑得月儿弯弯。
云和月在捉迷藏，
伊在谷堆旁，
听妈妈讲故事
伊梦见月娘。

伊不明白头上
这个冰清脸孔
肥了瘦，瘦了肥
依然那么高冷
圣洁。

月光下自白

你让明月
把心托付给我
我只好用心守着
我不能给你任何承诺
哪怕一分一毫

时间是公正老头儿
一直帮我们看门
在那扇门关闭前
就放飞一只灰色
小鸟

世纪门槛很高
我们都回不去
只能穿越　以灵魂

披上朴素的旧衣

阳光照着破旧
门墙　选一个角落
晒一晒尘封的箱底
泛黄的记忆开始浮现

梦中有一条小路
弯弯曲曲
穿过田塍间
月光在上头跳格子

皮肤的绒毛
在和风中细吹
我们曾经那么年轻
捧着一颗心
无比纯洁

纯洁让我们流泪
以一场宿醉
祭酒青春　然后
随着月光去流浪

我愿意你把心收回

我付不起青春

星　空

那个望星空的少年
如今在给霍金写祭诗

低到深渊的草木
孱弱身躯陷在坑里
耳边弥漫《广陵散》孤绝余响
仰头就长成了满天星星

风骨，能不能支撑五千年？
打开一扇窗，风就进来了。
庙宇供奉的不一定是真佛
尘埃堆积的不一定是垃圾
风吹起线装书，
散落的会不会是册页

水墨禅意开始流行
风把东方美学吹遍
天上挂着缺角的希望和圆满的
祝福
月钩在钓星星
月圆呢

东方红从少年星空轻轻滑过
那个余响，只有宇宙装得下
而五千年的浩瀚
曾经少年明白那是一本书：
《共和国的星空》。

云想故乡

自从投胎天空
脐带剪断,大地母亲风中招手
树纷纷把手举成森林
不知道想表达什么诉求

记忆遥远,如海洋深不可测。
蔚蓝的投影显得宁静
白莲花心情,是眼前拥有的。
天地的宠儿赢了多少仰望

一个人走过的路未必有痕迹
想回首,也是无可奈何的辛酸
只好被风裹挟着往前
海与天是那么原始浩瀚

云想故乡
海水都是咸咸涩涩的

又说黄昏

只是近黄昏，就想法不同
白鹭撩起红色流苏
优雅地入洞房。
湖面微起细澜，鱼儿在水底
祝福。而悠闲的鱼钩
已抛向水中。

黄昏是，黑夜
锁住白天的咽喉。
乌鸦成了烟囱
少年弯腰拾起落叶
要煮熟饥饿云团

又一次站着瞭望，
框定黄昏。

假如裁下挂在墙上

会不会是一个

很好的摆设

白玉兰

蝉声尚未起鸣。
树杪闪出，一丝白
晶莹欲滴。
骄阳闻香而来，
炽热的青春萌动
被一抚阴凉感化。
院墙外暗香，曲曲弯弯
是荒草中的小路。

月光流着一地香
让漫步的人儿，
蹚开了去。
古诗便长了脚，
亦步亦趋
留下浅浅的跫音。

越是夜深人静，
清凉之气
终究是覆满心间的。
窗外轻轻地走动，
是渐行渐远，
似乎又是渐行渐近。
如白色连衣裙，
在夏夜晚风中
飘来飘去。

琴声是从树丛中
传来的，
那是白居易
大珠小珠，
落在白玉盘里。

窗 外

水把阳光喝足
湖面现出了欢颜
白鹭仙女般翩翩
与鱼儿共翔蓝天

有人在高楼瞭望
寻找伊一样水莲
白鹭依旧翩翩
叹息存天地之间

陶　瓷

以埙的幽咽
穿透水边高寒
给曼妙带来清凉
水的胴体
从柔和曲线抚过
撩起一股波纹
渗在青花瓷上
让绝世芳华
泛舟湖上
迷离碧波粼粼

一路向南

双桅船渐渐远离古渡口
眼睛酸胀,潮起潮落。
港岸被拉扯成一条线。
海风灌沉双耳。

天边也是一线,先人说的。
白云丈量着距离。
候鸟一路向南,
有时喜欢排成人戏。

去年从舷窗注视
白云莲花般禅坐。
过客一路向南。
飞机熟睡在蓝天腹中。

云的这边有椰风。

云的那边有梅雨。

假如一路向南

五月天,云去哪边

数过往的星

那是一间砖木结构平房
窗外贴着蝉声,覆盖着
心底蚊子的叮咬。

一支小夜曲叫今夜无眠
冰凉的泪流着月光,
从蝉的尾部滴落。

听说,夜空更加悲切
我是忘却了的。
只是秋蝉独立,数过往的星。

家和乡

爱咱晋江

我以我的方式
爱咱晋江
以笔画出两道诗行
一道旧诗
一道新诗
五店市留有旧诗痕迹
世纪大道
画着新诗直线

红砖,在我背后
垒起层层历史
从隋唐田野
风,绿油油
一行人风尘仆仆
哪怕匍匐着

也拱起奔向未来

有人说，宋代月光
最美。因为《清明上河图》
雨不纷纷
人却缤纷
月光也缤纷

我说，当年的月色
还在民间流淌
从血色黄昏开始
在五店市，有一片绿叶
萌发撩人月色
写下朦胧诗行

有一只鸟儿
从早晨梦中醒来
这城市
有你的青睐
有我的殷勤
就打开了车水马龙
难怪有一个

诗人说,这城里
谁快活地走着
我就爱谁

我行过五里桥
触摸到南洋脉动
我散步八仙山
呼吸着时代芳香
我沿着长长沙堤
拥抱了蓝色梦幻

我以唐代平仄
平水韵作韵脚
吟哦,讴歌这城市
一切都已从梦中醒来
有梦想。紫帽山雄起
太阳神似乎是图腾
人们朝拜东方
这城市,沐浴金光
蓝色婴儿体横空
跃起

爱咱晋江
你有你的方式
我有我的方式
你怀念古代晋人
我看到一江春水

城市之眼

我要以怎样的
专注,与你对视。
这九十九条溪流
如一条条小龙
穿梭于蓝天水底
有形与无形。
白云瀑布般
泻入湖底
与你对视,直透心灵。
那是多么澄澈
让想象在天地间
游弋

我是特别的
专注,静静对视。

这九十九条生命
经过曲曲折折的
淘洗，如碧玉清润。
那宋代文人词客
站在桥对岸
吟啸，终究也渡不了
岁月的浊流。
坐等多少日月星辰
才盼来当年的
明眸

你的眼前
白云苍狗
我的凝视
沉浸湖心

从紫帽山经过

只是从山脚下
经过,半个世纪
依然牵着我的梦。
那龙眼树,
遮盖了整个童年
荫凉。从一声声
知了,到萧瑟秋蝉
都改变不了你
碧透的容颜。

山花的芬芳
向着弯弯的小路
隐约中有一个
小僧,挑着果蔬
膜拜在金粟洞

穿过了几个世纪
栈道踏烂了
泥土,以及小草
吐露灵魂
铭刻在山之石崖。
心,有了附丽。

尽管时间开始风化
磐石的坚贞
向山林表白秀丽。
风儿是爱情的
媒介,告诉蜜蜂
甜蜜的事业
从紫帽山
走起。

到过草庵

一缕灵光
从心底穿越
梵香在袅袅升起
凡夫俗客　跪拜

古老的钟声
从早晨开始
光辉在岁月中沉浮
勾勒出慈祥的轮廓

缄默的石头
从月夜缘定
姿娘在南国祈福
纤纤素手雕成观音

一切宿命
从心头出发
你活在别人过去
谁成了你的未来

相约五里桥

行过五里桥
条条石板
枭米老货仔
颤悠着扁担
从宋朝风雨
弯入石狮巷

踏过五里桥
块块石板
惜别的新娘
脚步量着船港
伊踏出踏入
心情不会轻松

摸着五里桥

古早石头缝

青暝的阿母

思念变成空

伊来来回回

心事真沉重

五里桥

伊偷早就起航

五里桥

伊迟时才返航

五里桥

咱的故乡梦

五里桥

相等有情人

户外流年

从五店市一路走来
红砖墙,青石巷
赤脚走过赤土路
穿过世纪门槛
风尘抖落在门外
越是黄昏
越是靠近
家的渴望
你看
那丰美的水草
那殷红的桃花
那翩翩的白鹭
那橘红的夕阳——
那是我落脚的家
我想为时间盖

一间木屋
把四季留在里面
时间说
谁不想看看
户外的流年

绿洲,不是梦

清溪从梦里流过
滋养了一片碧绿
仿佛夏夜凉风
吹响沙漠驼铃

绿洲,不是梦
青莲长满了心事
向朵朵荷花倾诉
在污浊世界里
亭亭玉立
成了高洁的芳姿

鱼儿从水里游过
追寻着一泓绿泉
仿佛夏夜宁静
月儿照着梦乡

施琅史迹感怀

拨开历史烟云

眼前伫立了一尊

英雄　笑看浪花

剑未出鞘

已如海风呼啸

包围了孤岛不眠之宵

檐角飞翘

叩问星空的寂寥

此时　信心满满

正是紫燕归来

越过一个个岛礁

本是寻常百姓

让历史定格了坐标

纵横古今

际会依然如此巧妙

出砖入石啊

面朝浅浅海峡

又有着多少

深深的祝祷

但愿从此飞架一座

心连心的虹桥

石桥的美丽

在江南烟雨
与你水心亭相遇
从此心情发霉
长成青苔。
行过石桥细雨里
只因那一回头，
或者回眸。
弯弯的雨丝
淋湿了，一袭白衣
发呆了翩翩少年。
一直在倾诉
桥的美丽

在黄昏斜晖静谧
与你相约中亭

金色绸缎铺满

石桥,织出锦绣心地。

只因那一回眸,

已把灵魂交给你。

穿越千年的邂逅

不只是传说神奇

当年你绰约风姿

桥头站立,一直坚贞

如石桥的美丽

行走五里,

我心安平。

如这一片

浅浅的海域。

曾经也是波澜不已。

行走五里,

我心安平。

只因你,一直坚贞

如这石桥的美丽。

月亮湾

岁月风化
终于把我变成诗人
是为了赞美你吗

熟悉的海风吹着
熟悉的人影
把你的名字念了又念
索性凿刻在
我坚如磐石的心上

紫帽山·凌霄塔

是不是有山
就有塔
当紫帽山昂首晨曦
凌霄塔是怎样
妩媚
拖着绿色裙裾
曼妙于晋江南岸
有多少崇拜者
匍匐于弯弯的山路
向着山巅出发
向着凌霄塔
向着从大海中新生的红日
谁与高耸的山峰
献出自己醉醇的
喊叫

走过五店市

走过五店市
历史老人拄着拐杖
穿着芒鞋跫然而来
淹没在青石巷

不要迷恋五店市
五店市只是一个传说
张瑞图在白毫庵
笔蘸浓墨
让莲花在烟雨中
洇散 五店市
淹没在墨香里

燕子熟稔地勾画
横直竖撇写在屋檐下

出砖入石　一笔一画
淅淅沥沥　皴染写意
淹没在江南雨巷

走过五店市
飞檐是想象的翅膀
雀鸟踩过片片瓦当
镂刻了唐诗宋词
一曲清音
唤醒了晋江城市记忆

五店市
你记住了吗

窑　址

你离开了金交椅山
乡愁裂变为破碎陶片
梅溪潺潺清流从梦中
像海浪一样起伏不定

猛回头,山关已模糊不清
手里紧紧捏着一抔泥土
煎熬的烈火烧出晶莹的灵魂
那是溪边岭畔水与土的孩子

溪风照样吹进来
只不过气息已不是你当年
有人专门为你供奉
生前想都不敢想的殿堂

梅花。修竹。月影。

你藏在当中吗？

茶　古

黑色外套披着古茶与茶古
奶奶也穿黑色,是儿时记忆
爷爷喜欢泡一杯茶,用黑茶古

黑茶古是陶制的
浑朴粗糙,是自家亲人。
住在红砖瓦房中,看着舒服。
爷爷讲古,茶水从嘴里汩汩流

讲古有时像梅溪
涓涓细流
有时像窑址
要深挖还原真相

烟墩山在海边

海上也有鬼，听老一辈说过
"沉东京，浮福建"。
乌鸦黑色翅膀耀眼
飞成一缕烟，在黄昏渐远

渔民喜欢炊烟，线条更柔和
他们从来没有看过烟墩山冒烟
却供奉着，雄视海面。

潮汐起伏了多少回
海上月生了多少回
心潮澎湃了多少回
烟墩山等了多少回

榕　树

一粒鸟粪,低入尘埃
以惊人的爆发力,穿墙破瓦

红砖墙内没有婀娜的碎步
一点绿,偶然打开
竟是一片荫凉的天。
厝里姿娘拿起针线
密密缝着,一封等待的侨批。

树寂寞地疯长
把根须布满老宅。
姿娘偶尔仰望树的长须
看到了年轮爬上自己的额头。

炎炎夏日,树下凉风习习
"坐下乘凉吧,人客呵!"

船回港

马达声点亮暮色
橘黄灯,急切爬上桅杆
手放在额际,青鸟在头顶惊飞

那是昔日海港
你站在岸上远眺
海鸥在风中翻飞

用眼睛盛迎渔船归来
黄花鱼,飘逝的黄头巾
时间再也不能洄游

停泊锚定了风浪
生活从来就不是搁浅
"我回来了,在港岸吗?"

逆　流

鲜美的鱼，长着翅膀
总是喜欢脱离水面。

鲜活的童年，如波光
沿着平静的小河逆流

鲤鱼跳龙门，不只是传说
看到清澈的湍流就兴奋

农村已回不到过去
河流干涸，或者岸上翻着
鱼肚白。鱼眼真瘆人

死鱼腐烂的气味
从村头到村尾。

现实的阳光，暴晒了
恶心的场景。

河床变浅了，
地球变热了。
鱼儿没有清凉的源流。

榕树二题

一

一棵小榕树
扎根故土
舒展着翠绿晶莹手臂
在夏天打着节拍
教知了唱着光阴的故事
那闪闪发光的梦
随少年目光升腾

一棵绿榕树
深陷泥土
迎着风雨
长在广阔天地间

突如其来的雷电
劈去伸长的手臂
只留孱弱身躯
那呻吟声　和着
秋蝉悲凉的曲调

童年绿色的梦呵
是夏天一把花雨伞
飘逝在潮湿的青石巷

二

20世纪中叶
我经常在那榕树下
榕树枝繁叶茂
髯须飘飘
我的心
是夏夜清凉的风

那棵榕树　是故乡的
我是一个乡下
拾粪少年　静静等待

劳作的牛马饱足后
落下的那一坨粪便
我闻到
榕树下牛粪的芳香

我是一个小社员
手捧着毛主席语录
在拾粪空当朗诵
田野翻起金色稻浪
我眼里
有一个无比广阔的舞台

如今呐
我成长壮大了
那棵榕树连根倒下了
我走向树坑边
看到了一个巨大伤口

人与海（组诗）

引 子

民间流传着：沉东京，浮福建。
儿时梦中常现海啸。
海水铺天盖地，向梦
深处袭来。
人便畏惧海，小心
探望潮汐。
讨个小海鲜，不敢贪取。
潮涨潮落，寒来暑往。

可是，有一天人多了
胆子大。海堤伸向深处
人与海有了初步较量。

有一个声音在鼓噪：
要享海宴，必须海晏。
海浪退一步，轻抚海堤
打着欢快节拍。

海 堤

是与海角隔断
还是接近蓝烟
或者，续写沧海
变桑田。
一块巨石，一粒沙子
仿佛大人与小孩
在合龙。堤上堤下
红旗兴奋地抖着。

当白海豚从大海
跃起，蓝色天幕
一出戏，有多精彩
只有少年看到了。
少年以竹扁担支撑，
勾勒一个蓝色梦想。

好让白海豚
跳跃,弧线似一轮圆月
在海上升起。

少年曾无数次
堤上走过。海风吹走了
记忆,就在西边斜阳缓缓
连着白天与黑夜。
黑夜来了,
吞没海堤优美的躯体。
只有星光微弱
萤火虫一般。照亮了海浪
回家的路。

你是不是
曾经少年,行走海堤。
海堤是不是曾经少年
经受了冲动的巨浪。

讨海人

有雾了,不起风

却感到海面凛冽。
刀刮骨头，讨海人
异常兴奋。
向雾深处牵罾，
起网时银光闪闪。
时间被海水冻住了。

海堤上围满了村民
讨海人的儿子
瑟瑟发抖。
起风了，
雾散云开。
海潮已涨满。

决 堤

半夜一声锣响
穿透了村民神经
大门在黑暗中洞开
大堤吸走人群
天文大潮在风高处
把黑夜撕开

一道伤口
沙袋和乱石堵住
贪婪的欲望

天明时分
你冲动地奔向海堤
以一个红领巾
涉足淹没的田塍
踩空的瞬间
眼里蓝色
被灰暗覆灭

填　海

一个宏大盘算
画在海面上
大海皱起眉头
不明白人工岛
突然捆住海浪
鱼虾找不到
回乡的路

在人工湖内跳脚
村民欣喜地捞起
无视虾临死前
涨红的抗议

巨型怪手继续
抽打海面
海面肿得超出
海平线
并且在一夜之间
长出了高楼

尾　声

你站在新的海岸线
搜寻白海豚的影子
你喃喃自语
白海豚是不是
也有清明节

野蔷薇

一个野性灵魂

以花的姿色

在风中摇曳

古典戏曲

从前世轮回

传唱　优伶再起

大夫第门前

洞箫随岁月圆缺

幽咽一声

游梦在五月醒来

阳光里蝴蝶翩翩

又是哪个多情公子

在为伊憔悴

五月，夹竹桃

曾经是校园
围墙边，那一抹红
从满脸浮尘中
透出紫红。
显得疲惫，
但绝不是风尘女子。
是从乡下赶赴省城
求学的，眼睛是亮的。

那是二十世纪
八十年代，齐声歌咏
五月的鲜花。
夹竹桃，只是稀稀疏疏
不如当下艳丽。

活出风姿，

是伊的愿景。

擎起蓝天白云，

披上绿色裙裾，

舞出孔雀开屏。

歌声穿越世纪，

融入那朵云，

是白莲花般的。

最是一回眸，

在五月。

眼前一丛花，

天边一抹虹云。

远方是诗

木麻黄遮蔽的，
是童年望断
的向往。
天边一缕烟，
是跋涉的发令
从故乡出发。

故乡的海岸线，
以海堤为触角
去丈量海的距离。
驳船轰鸣，
横亘了视线
仿佛列车行驶
在海上。
又好似，

漂浮的炊烟
渲染黄昏。

童年用瞭望止饥。
鸥鸟翅膀金黄，
斜飞在海波上。
飞向远方，
那是诗歌故乡。

我不把红树林当树林

海风，又咸又甜
撑开孩童肺叶。
红树林，叶子漂着海水
根须戏弄跳跳鱼。
诱惑拨开，海螺吹起
潮音。五线谱写在海面
白海豚抚着琴键
起起落落，一片欢腾。

海滩只留下伤疤
童年早已退潮，
红树林早已不在。
或者，从根本上
我不把红树林
当树林。

漂　白

一条清水，流过门前
漂白了时间。

一隙光影，流过墙壁
漂白了空间。

一泓清泉，流过眼帘
滋润了我的心田。

乡 村

我知道的乡村
脚踏车骑在田埂上
田字格随视野铺开
农夫起起落落的线条
把生活写成端正的楷书

屋檐下为风留了窗口
姑娘秀发飘起了
豌豆花。蝴蝶。心在跳舞。
林子后有着怎样的秘密

野草莓读懂了唇语
酸甜的诱惑
口琴吹奏着圆舞曲
黄昏把裙裾旋转到天边

风铃总是很识时务

叮当叮当,归来是主旋律……

等　待

我穿过这条路吗
人流车流把大地挤成饼
留下空荡荡饥肠
听说外卖哥在弹贝多芬
爆破工在深井下写诗
这条路比诗跳跃更大
我努力看清来时路
表面涂了一层雪花膏
我突然想起旧时养路工人
推平路面皱纹
等待下一次
我是不是在等待旧时月色

渔港，永远是你的

我在伏季休渔走近你
海霞早已离去，网在穿梭
新鲜与腥臭交错。

织网的手起草一个提纲
耕耘大海，封面已有皱纹
历史森林般浩瀚。

经历了多少海枯石烂
我终于走近你，海风站姿绰约
靠近的永远是安宁的臂弯。

纯净的眼神

我在红砖小楼
阳台上。看着邻居屋脊
那只花猫潜伏
在筒瓦沟,以纯净的眼神
与我对视。
我们沉默,对视。
纯净眼神无与伦比

邻居写字先生叫水仙
村里大名鼎鼎写字匠
写的春联,墨迹灵动。
像那只猫的眼神
虽然潜伏,却在夜晚
叫响一片春色。
村子的夜晚,

墨迹一般。

眼前的村中，
一片废墟。
猫还在叫，
像弟弟刚出生的啼哭
穿透童年记忆。
无与伦比的纯净
眼神，还在对视
还在沉默。

就在五店市，
我沉默成一把弓
是猫弯腰。
弹出去的眼光
怎么收回？

波浪，是呼吸

——谨以此诗纪念蔡其矫先生

五月刚过，凤凰花
已成落红。岁月习惯
把悲伤关在门外。
而你的波浪
却向我心海深处
涌来。

我说，波浪是

大海的呼吸。
你却非要写成诗
一节高过一节
甚至高过青藏高原
在布达拉宫门前
俨然八十岁王子。

你比王子更加天真
返乡返童,种下一株草
培育一枝花。
在紫帽山下,把乡愁
深深埋在根里。

人生最害怕,近身肉搏
人生最害怕暗箭伤人
你总是在茫茫人海,
独自驾一叶扁舟
淹没在波峰浪谷。
我只能吟咏
人生,波浪呐!

蓝鲸，蓝鲸

我从未见过蓝鲸，小时候见过白海豚，那已经是最大的鱼了。

蓝鲸，只是我虚妄的梦想。这个梦想，比天还蓝，比海还大。就在海天相连处，是我极目天涯的向往，是无穷无尽的瞭望。依稀记得，眼前有白鸥翩翩，远处有白帆点点。梦想的尽头，风帆正在扯起，红彤彤的希望正在升腾。

蓝鲸，是我可触摸的梦想。这个梦想，分明向我游来。风平浪静，甚至没有一丝涟漪。我的世界因此而澄静，眼波秋水般清澈，思想如圣洁胴体，在月光下沐浴洗礼。

后来，狂热之流用海堤围海造田。海堤是划向大海的一道伤疤。蓝鲸再也游不到我的心间,梦想搁浅在沙滩上。尽管人们用了多大的力气,蓝鲸再也回不到梦想的大海。

蓝鲸,与你我一样,用肺呼吸。我们往往无视海浪起伏,是大海的呼吸。实际上,哪怕是飘荡的海藻,也愿意与蓝鲸在海洋中沉浮,在海风里自由呼吸。

蓝鲸,蓝鲸……

春天,送你一湖诗

一开始
春天,我只是陪你漫步
一路上花儿笑盈盈
黄澄澄的油菜花
黄澄澄的温煦
让我迷失在原野
当我清醒后
春天,你已走到天边
我奋力奔跑
沿着阳光走过的
痕迹,我在追赶
湖面倒映着奔跑的
影子,很疲惫
夕阳急红了脸
样子很美

我向着天边挥手

叫,请等等我

春天,我要送你

一湖诗……

土　楼

夜出奇　静谧
靛蓝色梦幻引我入境
灵魂在缥缈

五个仙女突然点亮灯笼
照我回到童年
沿着山村小路
找寻土楼里
温暖的四菜一汤

高甲戏

人生有多少次定格
以及夸张的表情
就有多少个戏剧故事

你在戏中颐指气使
你在戏外失魂落魄
你在戏中惊慌失措
你在戏外嬉皮笑脸

看戏的人在台下看你
你分不清台上台下
还是戏里戏外

围头湾

蓝蓝的湾，欢腾出
白白的浪花。
蓝蓝的天，静卧着
白白的棉花。

有人在远处戏水
有人在近处玩沙
有人在固守家园
有人在奔走天涯

红色记忆

一个，儿时叫卖声
穿梭在红砖墙，青石板。
五店市，古早市井味。
润饼菜是游子的信心
即使远涉南洋，也有锚定。
千年驿站，存留一抹红。
厚植在南曲文脉。
以古韵的吟唱，永续着
辨识度很高的
一缕乡音。

美人桥

我曾睡在美人桥下
在夏夜，溪风清爽
流浪汉聚集的眠床
桥上偶尔车轮声滚过
睡梦中惊起波澜

那座桥后来炸了
在白天，岸边站满人群
美丽的尸体躺在溪床
古渡口仿佛成了瞭望台
水面上微微起波澜

我的一生一世
只有那一次睡桥下
那座桥，就叫美人桥

我和你

致霍金

你以童真微笑，
仰对苍穹。
星星也笑眯了眼
因此，
每当我走夜路
萤火虫笑着，
与豌豆花捉迷藏。
我自私地把笑的
亮色，装在玻璃罩里。

霍金先生，
半个世纪前
我不知晓你名字。
一个乡下孩子，
站在中国南方

一栋红砖小楼阳台上
发呆。看着星星微笑。
特别是七夕之夜，
我问美丽的月娘
你的星星孩子，
为什么那么喜欢微笑

霍金先生，
你把时间变成了
渐冻人。
嫦娥也把自己，
冻成了冰清玉洁。
特别是中秋之夜，
我问美丽的月娘
你的嫦娥女儿，
为什么能把水袖
舞成千里婵娟

尊敬的霍金先生，
星星在与你道晚安。

来 过

当你以呼啸的姿态定格
我的心沉入海底。
黑色潮水漫过，世纪没有门槛

林花随浪漂流，而鸟语
是最原始的啼鸣。年轮失语。
"关关雎鸠……"
彼岸花有凤凰鸟停留。

看到的表皮经不起沧海
而心的附丽，史诗波澜壮阔
我不禁咏叹，海一样森林

泉

你从江边逐步登高，敬礼苍穹
山势趋缓，书院清净
心中有龙泉潺潺。

一本书。一炷香。一轮明月。
或是蓝天白云下，极目舒坦
任思想漫步回廊。

焚一炷香吧，据说能通灵
手势趋缓，膜拜孔圣人
"生活少了一缕书香"。

怀念奶奶（组诗）

笊　篱

承接着春雨
从指缝间渗下
长成关节的硬度
捞起时间皲裂
满满的五谷
是奶奶五指
抓住的生活

圊　肥

石头垒成了猪圈。
圈内以及

圈外的粪便，
瘦弱的少年弯腰
拾起。满足的微笑
那是奶奶，
把生活沤成了肥。

柠檬精

有一种药，
称为柠檬精。
不管是春夏秋冬，
不管是头疼腹痛，
奶奶都用来包医百病。
但有一种病，
柠檬精治不好。
奶奶在天之灵，
是否知道？

遇到雷雨（组诗）

一

雪白刀刃横向天空
乌云,这灰姑娘
被吓得泪如雨下。
大地,单相思热恋
苍穹,昨晚还摆出
一片冰心的模样。
千里之外,是否
婵娟依旧?
而此刻,乡下人欢喜
打着檀板,在屋檐下

滴滴答答哼着南曲。

二

窗玻璃划过流星
是不是坠入湖中
反正有青箬笠绿蓑衣
垂钓者　石佛一般
只盯眼前浮漂
等着清风朗月
那一颗星

三

我靠在古典木椅上
品茗，千百年来雷声
滚过。
天空总是阴沉着脸
给谁看呢?
茶香笼着烟
从青花瓷瓯中
氤散开来

这一池水

一池水，聚散了很多人
日出日落前一切平静
出奇的美。
这一池水，已然成为核心
人们围绕着散步
四季都有殷勤的鲜花。

直到这一个夏天
阳光灿烂，
我幡然醒悟：
鱼儿水底唼喋
污泥沉淀成渣
青荷水面开花

水墨荷花

烟雨黄昏

凌波仙子

踩着节奏

恍惚间

伊撑一把荷花伞

婀娜多姿走入雨巷

那一点红

含羞

洇散了　在江南

铺开在墨色古厝中

有一个江南女子

绵绵长桥

烟雨中

一支油纸伞

飘来一朵莲

伊撑着矜持

踩着舞台碎步

而后款款抖开

水袖　江南女子

从潮湿青石巷

深深浅浅

走过流年

伊终于泡着月光

泡着书香

滋养自己容颜

穿过冬天阳光

你梦想拥有
一寸阳光
冬天里的阳光,这城市
满街都是。
朱子拥有一个阳光城。
掬取一束阳光,
足以照澈一颗诗心。

你也许触摸到
春天边缘,一寸阳光
三角梅热情地,
伸出红砖墙。
仰头是蓝天白云
风也清静,云也宁静。

穿过滚滚人流
你或许逆着时光
宋代那一束阳光
冬天里的阳光，
慵懒地散落，
在小巷青石板。
墙里的人儿，
推门便串起金项链
挂在雪白的颈上。

野菊花显得庸俗
却依旧灿烂
黄澄澄，要与阳光
比纯色。

大地，母亲

少小时，喜欢在屋顶
看星星。
繁星，比孩子更好奇
那么多眼睛
眨呀眨。
透过黑夜，
捕捉地上
黑色的眼睛。

黑色的眼睛
纯正无邪。
如夏夜微微的
凉风，
来自大地深处。

城市思想的爪子
抓不住大地，
遥远的村庄
有猎猎狂吠

狗的叫声
勾起宁静的记忆
大地拥着乡村
村庄拥着孩子
夏夜的凉风
微微的
有笛声环绕村庄
星星闪着欢喜的泪花

淡淡远去的
是泥土气息
梦里依偎的
是大地母亲

点赞青春

青年节这一天
我用微信发一图片
那是少女起跑的英姿
伊看到自己青春的身影
激动地点赞
而我迅速回复
青春依旧在起跑线
并点上一枝玫瑰花

飞机去哪儿了

当我看海
你以一抹流云
飘过异国他乡
蔚蓝是一种惨痛
昏昏地
沉入我心的海洋
飞机去哪儿了
我问白云
海天相连的地方
是不是灵魂的故乡

隔岸离歌

你有你的
我有我的桥头
外婆的桥头
一转弯
清亮亮的流水
捣衣棒起起落落
和声刻在留声机

你有你的
我有我的土地
红土地的斜坡
放逐我轻快脚步
一转弯
清亮亮的亲人笑面
迎我过石板桥

笑声录在三洋机

小溪潺潺流淌
像外婆平凡的岁月

外婆一百零三岁走了
带走了那条清流
而我的眼眶瞬间
溃堤
舅舅八十七岁走了
小溪已断流
而我却再一次
溃堤

我的亲人呐
已走过隔岸
我用泪水渡不过
那渐渐远去的
离歌

九寨沟，美丽的忧伤

有人一路向西
一辈子匍匐
低入尘埃
山也静了
水也蓝了
恋恋不舍的
是谁的海子

纯洁透亮
把哈达献给
高高的脖子
眼眸深蓝的海子
深深蕴藏的
是谁的忧伤

山挺起高潮
摇晃着地床
海子痛苦地呻吟
情绪混浊
跌落到谷底
飞鸟乱别惊心
留下的
是谁的惊魂

那块心田

童年用脚画格于
田野。或蹒跚于
田埂上。豌豆花开
蝴蝶纷纷来
也分不清是花是蝶
也分不清是花田是
心田。
所以，长大后
总想着那块心田
是自由田
我希望在田间种满
快乐。逼迫愁绪
寸草不生

呼喊麦田

为什么梦里常有
蝴蝶轻扇的翅膀
如豌豆花悄悄伸腰
那块人民公社时期
自留地。
童年瓜果飘香
田一畦, 梦一畦

后来我们都迷失在
钢筋水泥丛林
蝴蝶找不到栖息的枝丫
也没有看到
豌豆花
童年丢了, 梦也丢了
世界在手机里

忽隐忽现

窗外割草机
打破窗内宁静
切割的聒噪声
从那块田地掠过
滋润的叫香草
滋生的叫杂草
绿油油，
一眼望不到边的
我们呼喊麦田

浅浅的记忆

——致我们终将逝去的青春

浅浅的黄昏

皴染在山城西边

归鸟叽叽喳喳

议论着不再伤心的往事

静谧的沙洲

姑娘艳若桃花

伊卷起裤腿

蹚过浅浅清流

撩起一溪青春淙淙
夜来香在校园浮动
仿佛夜色打开了一扇
浅浅的门
行人突然发晕
是夜色拥抱了自己
还是侵入夜色肌体
山城往事
浅浅记忆
山岚一样飘忽不定

深深的印度洋

——为马航MH370失联飞机而写

我在梦中看见
你是一尾鱼
甚至是一群
色彩斑斓的热带鱼

你缓缓地游在
深深的印度洋
洋流是鱼的眼泪

咸咸的　带了些苦味

你依然缓缓游着
你已经失去日夜
记忆定格在三月八日凌晨
没有阳光的日子
恐惧弥漫在四周

你缓缓地游
没有方向的疲惫
你多想躺在海床
长眠
哪怕只有黑匣子陪伴
洋流是鱼眼泪
咸咸的苦味越来越深

海洋黑色无边
你像一枚海藻
终于躺在
人类婴儿的摇篮

深深的印度洋啊

湿润的生命

你是一只小蝌蚪
泅渡到人世间
刹那　穿越时空
一嗓海豚音
湿润而鲜活

海边的红树林
收藏着潮汐的呼吸
从童年出发
寄居蟹散步在
金色沙滩　你蹒跚的脚丫
书写一行行赞美诗

我们看海去
这是你的邀请

海风吹来了
湿润的岁月
以及多情的湿润的眼睛
你飘移的视线
如同一叶扁舟
在海上浮沉

长大了曾经远离海
四年的青春
你我牵手
从海边到江边
湿润的红唇在印记爱情
湿润的风在脸上飞扬

如今看不到你的酡颜
只好凝视花儿的眼睛
在春雨淅沥时
渗透湿润的灵魂

水痕一样的笑容

请告诉我
在轻风吹送时
哪一朵浪花
是你的微笑
你仿佛说
大海的波浪
是你的开怀大笑

你踩着风火轮
穿过抗日战争硝烟
依然保持
水痕一样的发型
水痕一样的笑容

你踏浪而来

呼喊少女万岁

投入秋湖柔波

尽情嬉戏

或许你是孩童

生来天真烂漫

撷取一朵浪花

也当成鲜红玫瑰

当街送给花季少女

风儿吹吧吹吧

在故乡

我依然习惯看你

水痕一样的发型

水痕一样的笑容

晚　秋

孤雁穿过夜空

无心叫唤

急急忙忙连影子

都没留下

星星忽闪忽闪

望不到北斗

谁还会守住谁

不如喝一口秋酒

有人蹒跚公园

我急急穿行

一枚树叶砸在肩上

声音空洞

没有一点骨感

明天清晨

落叶还会跟着

扫帚战战兢兢往前
跑
这是哲学的秋思
还是季节的仓皇

我听《安和桥》

　　《安和桥》是宋冬野原创的、用吉他自弹自唱的曲子，制作粗糙，嗓音沧桑，却倍加感人。

　　　　秋风乍起
　　　　啜一口老白干
　　　　愁绪梗在嗓子
　　　　粗粝的滑弦声
　　　　从心头蹭过
　　　　双眸是并蒂枫叶
　　　　自北京香山吹来
　　　　回首却依稀看到
　　　　青春往南漂去
　　　　而秋天的这口酒
　　　　留住了
　　　　家乡的五谷杂粮

我听《长安情》

那一缕秋声，
穿越世纪。
长安山的落叶
飘在记忆的小径
幽幽的，在依稀
梦里。

那一堆篝火，
点燃青春。
长安山的月夜
夹在浅黄信笺
淡淡的，在流逝
岁月里。

那一缕

分明是读书声
沿着金黄的叶脉
抵达深深的根。
那一夜
分明是枕着月光
失眠,数着秋的
节拍。

我抬头了,
我看见了,
那一丝秋雨
飘飘洒洒
在曲曲折折的
小路。

我凝神,
我听见了,
那一丝跫音
正伴着时钟
嘀嗒,滴在我平静的
心湖。

我要回家

那一年　秋风瑟瑟
我们刚入学就遇上
中秋节
半山坡零星开着几朵
野菊花
夕阳早早收走晚霞
望着窗外一轮圆月
亲爱的小妹妹
你说:我要回家
同宿舍女孩儿
都从啜泣变成泪花花

这一年　夏日炎炎
我们刚决定不再
蹉跎岁月

半山坡校园里印记了

青春年华

大家齐唱向快乐出发

顶着头上这一片烈日

亲爱的伙伴

你说:我要回家

相伴重走那条知识长廊

我们的心都乐开了花

哦

青春是夕阳下的幽径

渐渐模糊

却美得心疼

绯红的是回忆

皎洁的是梦乡

邂 逅

阳光透射在
红砖墙
壁虎光一样移动
常青藤爬满岁月
钟声已离去很久

有善男信女
前后脚踏入
匍匐成一只猫
似乎是逃离红尘前
定格了一把弓
却找不到那支箭

空山有新雨陪伴
并不觉得寂寥

人间四月
有云的日子
可有墙外一枝花
在清风里
舒展枝节的快乐

新年，你好

当第一缕清风
吹升第一缕彤云
视野展开了，
广袤的胸怀。
我看到了一个少女
舞着红绸
踮起脚尖站立东方

行云与流水相知
结伴，朝着心仪方向。
永不疲倦。
风平静时，水走快了。
大风刮起，云跑前面。
然而，在天边
在海角，行云追上了流水。
浪花是欢跃的心姿。

你打开窗帘了吗?
鸟儿已在枝头
优哉,早上新鲜扑面。
抖落了昨日凡尘
第一缕阳光渗透
内心,每个角落恍若
金色童年。

你接到新年了吗?
东方第一缕彤云
是少女自信的红绸
红红火火,总是泱泱大国
喜庆的笑脸。
光阴在叙说故事,
流水已到妙龄。
你在追寻彤云,
而行云在追逐流水。

早上好
行云与流水告诉你
新年一切安好

茉莉花

我总相信，你是江南女子
在五月雨巷徘徊
骨形柔秀，摆放在博古架
的瓷器心。
谁能想到，在遥远中东
以你的名义
发动了一场革命。

肮脏的灵魂，
喜欢以芳香粉饰。
你好奇西方男人，
为什么喜欢洒香水？
你以天然的体香，
征服了古今中外。

我总相信，你是奇女子
在烟雨青石小巷
茕然转身。
一如我在你面前
孑立淋雨。
燕子飞入飞出古厝
一如墙上砖石，
在你面前
飞出飞入。

时间在出入空间
燕尾脊触摸，
夏天的温度。
你手留芬芳，
我独立忖度。

茶　香

一缕香，能飘多久
谁在神农庙前
已许愿千年。
一缕香，能飘多远
从山之头，
到江之边。

雪山之水，
顺着乔木叶脉
洒下绿雨涟涟。
点点渗入灵魂。
变成一缕香，
从茶马古道
到闽南古厝，
淋湿了你的眼。

古树精灵

沿着清溪潺潺，
濯你素手纤纤。
点点泛开心湖。
化成一缕烟，
与你相约在
水墨画前。

拈起一枚叶
洗去浮尘，
与你在氤氲里
洇染笑容浅浅。
即使明眸皓齿，
也抵不过
原来我在月下
等你千年。

我是一片安和的云

20世纪80年代,我们上大学时,正流行"琼瑶热",青春男女情窦初开,痴迷于琼瑶小说中之爱情情节。其中,《我是一片云》就是人们津津乐道的作品。

我从小喜欢眺望远方,看海,看云,看木麻黄掩映下的路尽头。当时还不懂"诗和远方",现在想起来,颇有那么一点意思。后来写诗,也就不知不觉把白云、红霞纳入诗中了。刚开始看云,总是在发呆,并没有所谓诗的况味。长大后才融入自己的种种猜测与想象,以至自己的欢喜与哀愁。正如学书法之人,始初临帖,是处于"无我"状态,到了一定阶段,方有"有我"之见解与韵味。

白天看云，晚上也看云。云是不断变化的，正所谓风云变幻，不管是形状与颜色，都时时处在变幻之中。唯其如此，云才有魅力，才有生命变幻无常而又精彩纷呈之大千世界。

此次拙作《云想故乡》即将付梓，似乎应该说一点什么，我想还是谈一点关于云的故事。《安和的云》作为集子的开篇之作，也是刻意为之。或有人会以为我是为了叫响自己的名号，我不否认。但我其实是想从浅显易懂的语言中，表达一种理想的人生状态。当然，这首诗是有故事的。几年前去新加坡看求学的女儿，在飞机上散漫看云，与小时候不同的是人在云上，白云静静地伏在无边无际的蓝色天空，突然感到人是如此渺小，天空是如此浩瀚。几小时后在新加坡坐地铁，一会儿天上一会儿地下，感受真是天壤之别，便更觉得人生难得，人生知己相逢更难得。于是便有诗作《安和的云》："是云/我愿意/一朵安和的云/假如你从蓝天经过/别忘了从舷窗静静看我。"宇宙是广阔而神秘的，而你我在宇宙中相遇，是不是很神奇？

晚上看云，就必定会与月亮牵连。云和月，向来是文人骚客喜欢捆绑的对象，"八千里路云和月"，是何等沧桑！我们生活在和平美好年代，看云未免带有闲情逸致，不管春夏秋冬，任它东西南北风，总是喜欢让云慢下脚步，与月亮捉迷藏，或者静下来与我们一起品茗饮酒，共度良宵。"云破月来花弄影"，此情此景，你是不是有与情人幽会的小冲动？呵呵，还是少一点"风花雪月"吧！"我是一片云／偶尔投映在你的波心。"这是徐志摩的诗句，很多人都是从琼瑶的小说里读来的，这是不是诗人的尴尬呢？我们暂且不议。但爱情是文学永恒的主题，这是不争的事实。小时候听过一首歌曲《我问白云》，曲风悲伤缠绵，道尽伤心人之诉说与质问。用现在流行的一句话，叫作"代入感很强"。当时少年不识愁之味，以为写白云都是这种味道。现在人到中年，寻求的是一种平和的心境。所以，"安和的云"，就成为我寻找的精神原乡。特别是在这个美好时代，举头是青天，目随白云边。白云那种静静躺着的状态，怡然自在，无忧无虑，超凡脱俗，禅意莲心，真正呈现了什么叫岁月静好。

我曾经在一首《浣溪沙·童年》的词里写道："天上白云拴白马，房前青菜摘青瓜。"这是童年时期的田园风光、田园生活，能不能是今后的田园生活呢？我问白云，白云没有回答，在黄昏时分涨红了脸。

此为后记。

洪安和